# OSCAR WILDE

# Le Géant Égoïste

## CONTE + JEUX

© Claude Marc - 18 Rue Rochebrune - 93100 Montreuil.

Première édition sous forme de livre numérique en décembre 2013

(ISBN 979-10-91524-20-9)

Imprimé par CreateSpace

Dépôt légal : Mai 2016. ISBN 979-10-91524- 32-2

Loi n° 49-956 du 16 juillet 1949 sur les publications destinées à la jeunesse

Un conte d'
# OSCAR WILDE

Des jeux de
# CLAUDE MARC

# Le Géant Égoïste

CHAQUE APRÈS-MIDI, quand ils revenaient de l'école, les enfants avaient l'habitude d'aller jouer dans le jardin du géant.

C'était un grand jardin solitaire avec un doux gazon vert. Çà et là, sur le gazon, de belles fleurs brillaient comme des étoiles et il y avait douze pêchers qui, au printemps, fleurissaient une délicate floraison rose et blanche et à l'automne portaient de beaux fruits.

Les oiseaux perchaient sur les arbres et chantaient si délicieusement que les enfants d'ordinaire arrêtaient leur jeu pour les écouter.

— Comme nous sommes heureux ici !
s'écriaient-ils les uns aux autres.

Un jour, le géant revint.

Il avait été visiter son ami l'ogre de
Cornouailles et il avait séjourné sept ans
chez lui. Après que ces sept années furent
révolues, il avait dit tout ce qu'il avait à
dire, car sa conversation avait des limites et
il résolut de rentrer dans son château.

En arrivant, il vit les enfants qui
jouaient dans le jardin.

— Que faites-vous là ? cria-t-il d'une
voix très aigre.

Et les enfants s'enfuirent.

— Mon jardin est à moi seul, reprit le
géant. Tout le monde doit comprendre cela
et je ne permettrai à personne qu'à moi de
s'y ébattre.

Alors il l'entoura d'une haute muraille
et y plaça un écriteau.

Défense d'entrer
sous peine
de
poursuites

C'était un géant égoïste.

Les pauvres enfants n'avaient plus de
lieu de récréation.

Ils essayèrent de jouer sur la route,
mais la route était très poudreuse et pleine
de pierres dures et ils ne l'aimaient pas.

Ils avaient pris l'habitude, quand leurs
leçons étaient terminées de se promener
autour de la haute muraille et de parler du
beau jardin qui était par delà.

— Que nous y étions heureux ! se disaient-ils les uns aux autres.

Alors le printemps arriva et par tout le pays il y eut de petites fleurs et de petits oiseaux.

Dans le jardin seul du géant égoïste, c'était encore l'hiver.
Les oiseaux ne se souciaient plus d'y chanter depuis qu'il n'y avait plus d'enfants et les arbres oubliaient de fleurir.

Une fois, une belle fleur leva sa tête au-dessus du gazon, mais quand elle vit l'écriteau, elle fut si attristée à la pensée des enfants qu'elle se laissa retomber à terre et se rendormit.

Les seules à se réjouir, ce furent la neige et la glace.

— Le printemps a oublié ce jardin, s'écriaient-elles. Alors nous allons y vivre toute l'année.

La neige étala sur le gazon son grand manteau blanc et la glace revêtit d'argent tous les arbres.

Alors elles invitèrent le vent du Nord à faire un séjour chez elles.

Il accepta et vint.

Il était enveloppé de fourrures. Il rugissait tout le jour par le jardin et renversait à chaque instant des cheminées.

— C'est un endroit délicieux, disait-il. Nous demanderons à la grêle de nous faire visite.

La grêle arriva, elle aussi.

Chaque jour, pendant trois heures, elle battait du tambour sur le toit du château jusqu'à ce qu'elle eût brisé beaucoup d'ardoises et alors elle tournait autour du jardin aussi vite qu'il lui était possible. Elle était habillée de gris et son souffle était de glace.

— Je ne puis comprendre pourquoi le printemps est si long à venir, disait le géant égoïste quand il se mettait à la fenêtre et regardait son jardin blanc et froid. Je souhaite que le temps change.

Mais le printemps ne venait pas. L'été non plus.

Dans tous les jardins, l'automne apporta des fruits d'or, mais il n'en donna aucun au jardin du géant.

— Il est par trop égoïste, dit-il.

Et toujours c'était l'hiver chez le géant et le vent du Nord, et la grêle, et la glace, et la neige, qui dansaient au milieu des arbres.

Un matin, le géant, déjà éveillé, était couché dans son lit, quand il entendit une musique délicieuse. Elle fut si douce à ses

oreilles qu'il crut que les musiciens du roi
devaient passer par là.

En réalité, c'était une petite linotte qui
chantait devant sa fenêtre, mais il y avait si
longtemps qu'il n'avait entendu un oiseau
chanter dans son jardin qu'il lui sembla
que c'était la plus belle musique du monde.

Alors la grêle cessa de danser sur la tête
du géant et le vent du Nord de rugir. Un
délicieux parfum arriva à lui à travers la
croisée ouverte.

— Je crois qu'enfin le printemps est
venu, dit le géant.

Et il sauta du lit et regarda.

Que vit-il ?

Il vit un spectacle étrange.

Par une petite brèche dans la muraille,
les enfants s'étaient glissés dans le jardin

et s'étaient juchés sur les branches des arbres. Sur tous les arbres qu'il pouvait voir, il y avait un petit enfant et les arbres étaient si heureux de porter de nouveau des enfants qu'ils s'étaient couverts de fleurs et qu'ils agitaient gracieusement leurs bras sur la tête des enfants.

Les oiseaux voletaient de l'un à l'autre et gazouillaient avec délices et les fleurs dressaient leurs têtes dans l'herbe verte et riaient.

C'était un joli tableau.

Dans un seul coin, c'était encore l'hiver, dans le coin le plus éloigné du jardin.

Là il y avait un tout petit enfant. Il était si petit qu'il n'avait pu atteindre les branches de l'arbre et il se promenait tout autour en pleurant amèrement.

Le pauvre arbre était encore tout couvert de glace et de neige et le vent du Nord soufflait et rugissait au-dessus de lui.

— Grimpe donc, petit garçon, disait l'arbre.

Et il lui tendait ses branches aussi bas qu'il le pouvait, mais le garçonnet était trop petit.

Le cœur du géant fondit quand il regarda au dehors.

— Combien j'ai été égoïste, pensa-t-il. Maintenant je sais pourquoi le printemps n'a pas voulu venir ici. Je vais mettre ce pauvre petit garçon sur la cime de l'arbre ; puis je jetterai bas la muraille et mon jardin sera à jamais le lieu de récréation des enfants.

Il était vraiment très repentant de ce qu'il avait fait.

Alors il descendit les escaliers, ouvrit doucement la porte de façade et descendit dans le jardin.

Mais quand les enfants le virent, ils furent si terrifiés qu'ils prirent la fuite et le jardin redevint hivernal.

Seul le petit enfant ne s'était pas enfui, car ses yeux étaient si pleins de larmes qu'il n'avait pas vu venir le géant.

Et le géant se glissa derrière lui, le prit gentiment dans ses mains et le déposa sur l'arbre.

Et l'arbre aussitôt fleurit ; les oiseaux y vinrent percher et chanter et le petit garçon étendit ses deux bras, les passa autour du cou du géant et l'embrassa.

Et les autres enfants, quand ils virent que le géant n'était plus méchant, accoururent et le printemps arriva avec eux.

— C'est votre jardin maintenant, petits enfants, dit le géant.

Et il prit une grande hache et renversa la muraille.

Et quand les gens s'en allèrent au marché à midi, ils trouvèrent le géant qui jouait avec les enfants dans le plus beau jardin qu'on ait jamais vu.

Toute la journée, ils jouèrent, et, le soir ils vinrent dire adieu au géant.

— Mais où est votre petit compagnon, dit-il, le garçon que j'ai huché sur l'arbre ?

C'était lui que le géant aimait le mieux parce qu'il l'avait embrassé.

— Nous ne savons pas, répondirent les enfants : il est parti.

— Dites-lui d'être exact à venir ici demain, reprit le géant.

Mais les enfants dirent qu'ils ne savaient pas où il habitait et qu'avant ils ne l'avaient jamais vu.

Et le géant devint tout triste.

Chaque après-midi, à la sortie de l'école, les enfants venaient jouer avec le géant, mais on ne revit plus le petit garçon qu'aimait le géant. Il était très bienveillant avec tous, mais il regrettait son premier petit ami et souvent il en parlait.

— Que je voudrais le voir, avait-il l'habitude de dire.

Les années passèrent et le géant vieillit et s'affaiblit. Il ne pouvait plus prendre part au jeu ; il demeurait assis sur un grand fauteuil et regardait jouer les enfants et admirait son jardin.

— J'ai beaucoup de belles fleurs, disait-il, mais les enfants sont les plus belles des fleurs.

Un matin d'hiver, comme il s'habillait, il regarda par la fenêtre. Maintenant il ne détestait plus l'hiver ; il savait qu'il n'est que le sommeil du printemps et le repos des fleurs.

Soudain il se frotta les yeux de surprise et regarda avec attention.

Certes, c'était une vision merveilleuse.

À l'extrémité du jardin, il y avait un arbre presque couvert de jolies fleurs blanches. Ses branches étaient toutes en or et des fruits d'argent y étaient suspendus et sous l'arbre se tenait le petit garçon qu'il aimait.

Le géant dégringola les escaliers, transporté de joie et entra dans le jardin. Il se hâta à travers le gazon et s'approcha de l'enfant. Et, quand il fut tout près de lui, son visage rougit de colère et il dit :

— Qui donc a osé te blesser ?

Sur les paumes des mains de l'enfant il y avait les empreintes de deux clous et aussi les empreintes de deux clous sur ses petits pieds.

— Qui a osé te blesser ? cria le géant, dis-le moi. Je vais prendre une grande épée et je le tuerai.

— Non, répondit l'enfant, ce sont les blessures de l'amour.

— Qui est-ce ? dit le géant.

Et une crainte respectueuse l'envahit et il s'agenouilla devant le petit garçon.

Et le garçon sourit au géant et lui dit :

— Vous m'avez laissé jouer une fois dans votre jardin. Aujourd'hui vous viendrez avec moi dans mon jardin qui est le Paradis.

Et, quand les enfants arrivèrent cet
après-midi-là, ils trouvèrent le géant
étendu mort sous l'arbre, tout couvert de
fleurs blanches.

Les
JEUX

# 1. Quel désordre !

Remets dans l'ordre les lettres suivantes. Les enfants ont l'habitude d'y jouer.

aidjrn

Alors ? Tu trouves ? C'est facile, non ?

**Solution** page suivante

# 1. Quel désordre ! <sup>solution</sup>

Remets dans l'ordre les lettres suivantes. Les enfants ont l'habitude d'y jouer.

## aidjrn › jardin
le jardin

*CHAQUE APRÈS-MIDI, quand ils revenaient de l'école, les enfants avaient l'habitude d'aller jouer dans le **jardin** du géant.*

Facile ! C'est dans la 1<sup>ère</sup> phrase du conte !

# 2. Quel désordre !

Dans la phrase suivante un mot est dans le désordre. Trouve ce mot et tu sauras ce que disent les enfants.

**– Comme nous sommes xerhueu ici !**

Alors ? Tu trouves ?

**Solution** page suivante

## 2. Quel désordre ! <sup>solution</sup>

Dans la phrase suivante un mot est dans le désordre. Trouve ce mot et tu sauras ce que disent les enfants.


– Comme nous sommes heureux ici !

# 3. Quel désordre !

Change l'ordre des lettres suivantes. Elle fait le tour du château du géant.

allumer+i

Alors ? Tu as la solution ?

**Solution** page suivante

# 3. Quel désordre ! 

Change l'ordre les lettres suivantes.
Elle fait le tour du château du
géant.

**allumer+i > muraille**

la muraille

# 4. Quel désordre !

Change l'ordre des lettres suivantes. Le géant en a placé un dans son jardin.

écurie+at

Tu as trouvé ?

**Solution** page suivante

# 4. Quel désordre ! solution

Change l'ordre des lettres suivantes. Le géant en a placé un dans son jardin.

écurie+at > écriteau

un écriteau

# 5. Voyelles en vacances

Trouve les voyelles manquantes.
C'est écrit sur l'écriteau placé par le
géant dans son jardin.


D-f-ns- d'-ntr-r s--s p--n- d-
p--rs--t-s


Alors ? Tu as la bonne réponse ?


La liste des voyelles : a e i o u y
Les autres lettres de l'alphabet sont des
consonnes (b c d...).

**Solution** page suivante

# 5. Voyelles en vacances
## solution

Trouve les voyelles manquantes. C'est écrit sur l'écriteau placé par le géant dans son jardin.

## Défense d'entrer sous peine de poursuites

# 6. Jeu de l'intrus

Il y a un intrus dans la liste suivante. Sauras-tu le trouver ?

la fleur
le fleuriste
la floraison
fleurir
la flottaison
la fleurette

Quand tu as trouvé passe à la page suivante pour avoir la **solution.**

# 6. Jeu de l'intrus <sup>solution</sup>

Il y a un intrus dans la liste suivante. Sauras-tu le trouver ?

la fleur
le fleuriste
la floraison
fleurir

**la flottaison**

la fleurette

Tous les mots de la liste sont de la famille du mot *fleur* sauf *flottaison*, qui est un mot de la famille de *flotter*.

# 7. Jeu de l'intrus

Il y a un intrus dans la liste suivante. Sauras-tu le trouver ?

l'oiseau
chanter
une linotte
une marmotte
gazouiller
se percher

Quand tu as trouvé passe à la page suivante pour avoir la **solution.**

# 7. Jeu de l'intrus <sup>solution</sup>

Il y a un intrus dans la liste suivante. Sauras-tu le trouver ?

l'oiseau
chanter
une linotte

**une marmotte**

gazouiller
se percher

Tous les mots de cette liste parlent du monde des oiseaux sauf *marmotte*.

La marmotte est un mammifère rongeur. Le terme *linotte* désigne plusieurs espèces de petits oiseaux.

# 8. Jeu de l'intrus

Il y a un intrus dans la liste suivante. Sauras-tu le trouver ?

l'hiver

la neige

la glace

le sorbet

le vent du Nord

la grêle

Quand tu as trouvé passe à la page suivante pour avoir la **solution.**

# 8. Jeu de l'intrus <sup>solution</sup>

Il y a un intrus dans la liste suivante. Sauras-tu le trouver ?

l'hiver
la neige
la glace

**le sorbet**

le vent du Nord
la grêle

Tous les mots de cette liste décrivent l'hiver dans le jardin du géant, sauf *sorbet*.

Un sorbet est un dessert glacé.

# 9. Consonnes en vacances

Trouve les consonnes manquantes.
Une saison.

--i--e---

Alors ? Tu trouves ?

**Solution** page suivante

La liste des voyelles : a e i o u y
Les autres lettres de l'alphabet sont des consonnes (b c d...).

# 9. Consonnes en vacances <sup>solution</sup>

Trouve les consonnes manquantes.
Une saison.


--i--e--- > printemps

le printemps

# 10. Énigme

Je suis une saison. Retire-moi la tête, remue-moi en tous sens... Et soudain je titube.

## Qui suis-je ?

### Réponse page suivante

Un peu d'aide :
Ce type d'énigme s'appelle un logogriphe. On doit deviner un mot à partir d'autres mots composés des mêmes lettres. La tête est la première lettre du mot.

# 10. Énigme <sup>solution</sup>

Je suis une saison. Retire-moi la tête, remue-moi en tous sens... Et soudain je titube.

## Qui suis-je ?

L'hiver - ivre

hiver > iver > ivre

Trop bien ce conte...

Oui, j'adore...

Allez hop ! Je le relis !

Conte d'Oscar Wilde
Traduction d'Albert Savine

Tiré de l'ouvrage suivant :
Le Crime de lord Arthur Savile (Stock 1905)

Maquette, illustrations et jeux :
Claude Marc

9 791091 524322